HIJO DEL SOL

Para mi niña media cubana, Mónica, de cabellos rubios,
ojos verdes y centelleantes, y su encantadora sonrisa.

—S.M.A.

Versión en español de Ernesto Reggianini.

Copyright © 1997 by Troll Communications L.L.C.

Printed in the United States of America.

10   9   8   7   6   5   4   3   2   1

Library of Congress Cataloging-in-Publication Data

Arnold, Sandra Martin.
Child of the sun: a Cuban legend / retold by Sandra Arnold;
illustrated by Dave Albers.
p.   cm.—(Legends of the world)
Summary: Greedy Sun refuses to share the sky with Moon in this
Cuban legend that explains why solar eclipses occur.
ISBN 0-8167-3747-9 (lib.)   ISBN 0-8167-3748-7 (pbk.)
ISBN 0-8167-4173-5 (Span. pbk.)
[1. Folklore—Cuba.   2. Solar eclipses—Folklore.]   I. Albers, Dave,
ill.   II. Title.   III. Series.
PZ8. 1.A7297Ch   1995   398.2'097291'06—dc20   95-13230

LEYENDAS DEL MUNDO

HIJO DEL SOL

UNA LEYENDA CUBANA

CONTADA POR SANDRA ARNOLD   ILUSTRACIONES DE DAVE ALBERS

Troll

Hace mucho tiempo, Tierra vivía en armonía con sus hijos, Sol y Luna. Por eso había decretado que Sol reinara durante el día y, con su cálida luz acariciara a Tierra e hiciera crecer plantas. Al final de cada día, desaparecería del cielo. Entonces, al llegar la noche, Luna reinaría sobre mares y océanos.

Sol y Luna prometieron cumplir con el decreto, Tierra cerró sus ojos y se durmió profundamente.

Al poco tiempo, Sol inquieto y aburrido sin nadie que lo admirara, extendió un rayo dorado para recoger arena fina de las playas de la bahía, abundante barro de los valles y cobre resplandeciente de las montañas. Luego mezcló y moldeó hasta formar una figura de su agrado.

Al mismo tiempo que giraba y sus rayos daban vueltas rápidamente, Sol cantaba:

—*Takaré, chin, chin, chin. Takaré, dundú. Abri mensu, dun, dun.*

Y mientras bailaba alrededor de la figura, sopló y con su aliento le dio vida.

Al sentir las caricias de Sol, la figura tembló y abrió lentamente sus ojos. Al ver a su resplandeciente padre, el primer hombre se paró e hizo una reverencia.

—*Kio, kio*, Padre Sol —dijo— . Soy tu sirviente.

A este primer hombre, Sol le llamó Hamao.

Hamao hizo amistad con otras criaturas. De ellos aprendió como buscar refugio y alimento. Al cabo de unos días, Hamao empezó a sentirse muy sólo y triste.

Una noche, Luna lo oyó llorar.

—¿Hamao, por qué lloras? —preguntó ella—. Eres el amo de todo lo que te rodea. Los árboles bajan sus ramas para ofrecerte fruta madura, los animales acuden a tu llamado y las flores te acarician con sus fragantes pétalos.

—Es verdad —dijo Hamao—. Pero no tengo a nadie con quien compartir mi vida. Todos mis amigos animales tienen sus familias, pero nadie se preocupa por mí. Nadie que comparta susurros en la noche. Todos los días saludo a Sol, pero él no se preocupa por mí.

Luna se compadeció de Hamao. De su jarra de barro vació gotas de rocío celestial. Suavemente las agitó y sopló. Se formó una densa nube que giraba suavemente en el aire frío de la noche.

Hamao miraba sorprendido como la nube tomaba forma y crecía, hasta formar una mujer.

—Guanaroca —susurró Luna y al escuchar su nombre, la primera mujer abrió sus ojos.

—¡Ay, Luna, qué bella es! —dijo Hamao, mientras tomaba su mano—. Su pelo es negro y la piel es color caoba. Tiene una sonrisa dulce como las flores del naranjo.

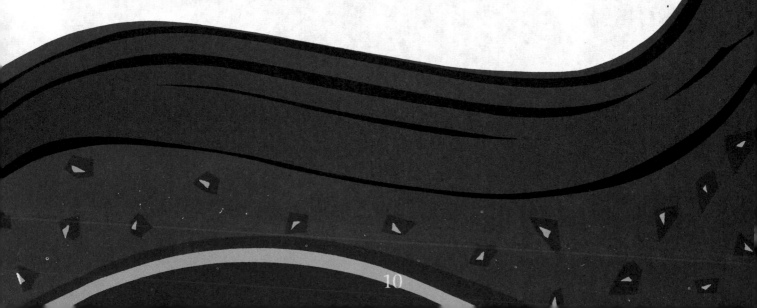

A medida que las estaciones hicieron cambiar a Tierra, Guanaroca y Hamao se enamoraron. De ese amor nació un hijo, llamado Imao.

Luna estaba muy contenta con el nacimiento de su nieto. Cada noche mandaba tibias brisas para hacerle cosquillas en su suave piel y que sueños felices llenaran su cabecita. Pero su abuelo Sol se enojó mucho cuando comprendió que tendría que compartir el afecto de Hamao.

—Luna tiene la culpa —dijo Sol, enfurecido—. La mujer creó este hijo y se llevó a Hamao lejos de mí.

Sol decidió buscar a otra persona que lo quisiera sólo a él, pero esta vez no crearía a un hombre. En lugar de él, se llevaría a Imao, y lo criaría lejos de sus padres y Luna. El niño sería sólo de Sol.

Al concluir una calurosa tarde de verano, Sol se deslizó hasta una esquina del cielo, en el lejano Oriente. Cuando vio que Luna dormía, la envolvió fuertemente en nubes densas y oscuras. De este modo no interferiría más con él. Luna dormiría para siempre, y sólo Sol mandaría en el cielo.

Entonces Sol entró en la choza donde Hamao y Guaranoca dormían. Envolvió a Imao en un rayo dorado y lo llevó hasta el cielo.

En la cima de una montaña, lejos de los animales y los pájaros, Sol dejó caer suavemente a Imao. Acostado sobre una fría piedra, Imao despertó y comenzó a llorar. Estaba solo, hambriento y asustado.

—*Shhh, shhh* —susurró Sol, mientras acariciaba al niño con sus cálidos rayos, tratando de calmarlo. Pero Imao continuó llorando, no quería el calor de Sol sino que sólo su madre lo abrazara.

Desde lejos, en su pequeña choza, Guanaroca escuchó el llanto de su bebé. Se acercó para calmarlo, pero su mano solamente tocó un colchón de lana rústica. Con el corazón palpitando, Guanaroca se sentó y despertó a su esposo.

—¡Despierta, Hamao! ¡Nuestro hijo ha desaparecido!

Hamao y Guanaroca salieron corriendo de la choza. Desesperados, buscaron en el bosque cercano, pero no encontraron ni rastros del niño.

—Amigos, por favor —dijo Hamao, dirigiéndose a los animales—, ¡ayúdenme a encontrar a mi hijo!

La noticia se difundió por todos lados y todos los animales empezaron a buscar a Imao.

Finalmente, la garza azul, elevándose sobre Tierra, encontró al niño en la cima de una montaña. Descendió para tomarlo, pero Sol lanzó unas ráfagas de fuego que la obligaron a huir.

Rondando alrededor de la montaña, la garza azul esperó pacientemente a que Sol desapareciera. Pasaron las horas y Sol seguía brillando. Entonces la garza voló hasta la choza de Hamao y Guanaroca.

—Sol se llevó a Imao —dijo— y no me deja traerlo. Es tan poderoso que no quiere irse del cielo.

—¡Sol! —exclamó Guanaroca horrorizada. ¿Qué podría hacer para enfrentarse a Sol? Seguramente su niño morirá.

on una voz llena de dolor, Guanaroca gritó:

—¡Mi niño, mi niño! ¡Qué alguien me ayude a salvar a mi niño!

Viento escuchó el llamado de Guanaroca y se conmovió por su dolor. Esparciéndose a través del cielo, buscó y buscó hasta encontrar a Luna. Al verla prisionera de unas nubes oscuras, Viento sopló con tanta furia que desencadenó un huracán.

Luna despertó con el eco del llanto de Guanaroca. Cuando miró hacia abajo, vio a los humanos asustados por el recalentamiento de Tierra causado por las ráfagas de fuego de Sol.

—¡Sígueme, Viento! —exclamó Luna—. ¡Tenemos que rescatar a Imao y parar a Sol antes de que Tierra se queme y quede convertida en cenizas!

Luna y Viento se lanzaron por el caliente cielo hasta donde brillaba Sol.

—Sol, deja que Imao regrese con sus padres y márchate —le dijo Luna a su hermano—. Recuerda la promesa que le hiciste a Tierra. Ya es hora de que llegue la noche y es mi turno de reinar sobre ella.

—¡Nunca! —gritó Sol—. Nunca más habrá noche. No compartiré el cielo contigo. Imao es mío y me quedaré aquí para asegurarme de que nadie me lo quite.

Enfurecido, Sol lanzó un rayo chamuscando a su hermana. Pero Viento sopló el fuego lejos de su amiga. Luna bajó a Tierra para llenar su jarra de barro con agua fría del mar. Entonces le lanzó el agua a Sol.

Chisporroteando de rabia, Sol le lanzó llamas a Luna, pero ésta se escabulló dando vueltas para juntar más agua en su jarra. Otra vez vació la jarra tratando de extinguir las llamas de su hermano.

Sol gritaba rabioso mientras el aire alrededor de él se llenaba con blancas nubes de vapor. Una vez más, y más furioso que antes, Sol volvió a lanzarle llamaradas de fuego a Luna.

Chamuscada y sucia, Luna dio vueltas nuevamente para juntar agua y extinguir las llamas de su hermano. Esta vez, metió su jarra en la profundidad del encrespado océano.

Al ver que la batalla era intensa e interminable, Viento bajó del cielo. Se impulsó sobre las montañas, hasta llegar al lugar donde estaba Imao. Envolvió al niño en sus fuertes brazos y se lo llevó lejos.

Sol gritó con furia al ver que se llevaba al niño. Su fuerte llanto y el eco rotundo que este producía hizo que Tierra despertara.

Tierra, después de disipar el letargo de sus sueños, retumbó furiosamente al darse cuenta que sus hijos estaban peleando. El cielo se estremecía con proyectiles de fuego y remolinadas erupciones de vapor.

—¡Sol! —gritó Tierra—. ¡Deja de pelear! No estás cumpliendo la promesa que me hiciste.

Al escuchar la voz de su madre, Sol dejó de pelear inmediatamente. Miró hacia Tierra, chamuscada y oscura por los proyectiles de fuego.

—¿Ves lo que has hecho, hijo mío? —dijo Tierra.

Sol vio el sufrimiento y el miedo de los humanos, los animales y la gran destrucción que había provocado su orgullo. Estaba muy avergonzado.

Con un gesto, Tierra atrajo a Luna hacia ella. Al pasar delante de Sol, la sombra de Luna empezó a tapar los rayos dorados de él. Finalmente, Luna quedó delante de su hermano, y el día comenzó a colmarse de penumbras.

Una extraña y sombría oscuridad descendió sobre Tierra, como si Luna se hubiese tragado a Sol. Luego de un largo día, ¿habría una larga noche? ¡Sin Sol, morirían las plantas y no habría alimento para comer!

—Tierra, haz que regrese Sol —lloraban Hamao y Guanaroca—. No podemos vivir sin él.

Los pájaros y los animales tambien lloraban. Por último, Sol se asomó un buen rato y, cayendo lentamente por el oeste, permitió que llegara la noche.

Luna tomó a Imao de los brazos de Viento y lo llevó donde estaban sus padres.

—*Shhh*. Ahora, duerman —les susurró a Hamao, Guanaroca e Imao—. Mañana todo volverá a la normalidad.

Luna tomó la jarra de barro y volcó un placentero rocío celestial sobre Tierra curándole las heridas.

Sol nunca más intentó mandar él solo en el cielo. Desde ese día estuvo contento de compartirlo con su hermana. Pero algunas veces, cuando Luna ve que Sol está inquieto y aburrido, se pone delante de él para recordarle la promesa que le hizo a Tierra. Desde entonces, siempre que aparece en el cielo uno delante del otro, ocurre un eclipse.

Florida

Islas del Caribe

Cuba

Alrededor del mundo, hay muchas culturas enriquecidas de relatos o leyendas que explican los sucesos o fenómenos de la naturaleza. *Hijo del Sol* es una leyenda de origen ciboney que explica el fenómeno de los eclipses. Los ciboneyes eran los antiguos habitantes de Cuba. Se cree que los ciboneyes llegaron a Cuba desde América del Sur en piraguas o canoas hechas de troncos.

En 1492, Cristóbal Colón desembarcó en Cuba y reclamó la isla para la corona española. En su bitácora, Colón escribió: "Es la tierra más hermosa que ojos humanos jamás hayan visto." Tenía razón, Cuba es una hermosa isla, de simples y ondeantes colinas y montañas. La Sierra Maestra, una cordillera de empinadas montañas, está ubicada en la parte sureste de la isla. Las costas que bordean la isla son muy profundas y tienen tantos puertos naturales que a Cuba se la conoce como "la isla de cien puertos."

En 1511, los españoles empezaron a colonizar la isla. El establecimiento de grandes plantaciones dedicadas al cultivo de la hoja de tabaco y la caña de azúcar, convirtió a Cuba en una de las más ricas colonias en las Indias Occidentales. Forzados a trabajar en las cosechas, los indígenas morían debido a las enfermedades y al excesivo maltrato que recibían. Al disminuir la población indígena, los españoles trajeron africanos que sometieron a un severo régimen de esclavitud. Actualmente, las tres cuartas partes de los 10 millones de cubanos son descendientes de españoles y el resto de la población tiene antepasados africanos o indígenas. El español es la lengua oficial y la mayoría de las tradiciones y costumbres son de origen español.